JN199268

冒険者たち

ユキノ進

冒険者たち ＊ 目次

冒険者たち

複葉機の仕組み

葉の裏の暗いところにみっしりと蝶を眠らせ樹は覚めている

水鳥が嘴をみずに挿す刹那しずかに終わる一生がある

まだ息のある蜩を啄ばんで雀は今日を飛ぶ力とす

カデンツァと銃と失意と花束とすべて地上で起こるできごと

ぶちまけたビー玉が床を這うようにスクランブル交差点をおれは

飛べるのだおれよりもずっと高くまでローソンのレジの袋でさえも

今すぐに飛んで行きますとクレームの電話を切って翼を捜す

会議室の窓から見えるひつじ雲かぞえても数えなくても眠い

八階のコピー機の裏で客死するコガネムシその旅の終わりに

往来で携帯越しに詫びているおれを誰かがビルから見ている

雑居ビルの上を横切る旅客機が脱毛サロンの広告に消える

幾年も回り続けて山手線は東京の空を飛んだことがない

将来の銀河鉄道接続のための余白が路線図にある

夜の底で空を見上げるおれの眼に星座のかたちで飛び込むひかり

誰かの手を離れる風船　世界から失われゆくひとつのかたち

複葉機の仕組みを話している人の白い手のひらにかかる揚力

マンションの高層階から一階まで少しずつ違う空を見ている

渋滞の県道に並ぶボンネットひとつひとつに映る太陽

薄い紙で指先を切る人間はこんなにも壊れやすくできている

どうせたいした用もないのに青空をいっしんに飛ぶ白い鳥たち

うすのろな日々にときおり射すひかり祈りは空を見上げるしぐさ

会社員たち

神の手の届かぬ国の営みもあまねく照らす日経新聞

乗り合わす朝のエレベーターこの中のひとりは昨夜泣いてた人だ

七匹の小動物とおとこ五人　春商品のキャラクター会議

「プロダクトのパーセプションをシフトします」いったいおれは何を言っている

企画書のコアラ、フェレット、ハリネズミ　コアラに丸し会議が終わる

男より働きます、と新人の池田が髪をうしろに結ぶ

ランチへゆくエレベーターで宙を見る七分の三は非正規雇用

割箸がじょうずに割れる別の世で春の城門がしずかに開く

暁に鳴いただろうかつやつやとハーブチキンは輪廻の途中

貪るように生きていくのだ石塀のすき間に沿って茂る夏草

パソコンを開く男に挟まれて新幹線で缶ビールを飲む

支店長ナイスショットと言いながら空を横切る鳥を見ていた

空き瓶の縁を歩いている蟻が少しの風に吹かれて消える

おとこらはしばし世界へ背を向けて駅のホームで立って食うソバ

営業が帰社してオフィスのあちこちで始まる会議、焚火みたいに

おしぼりを頭の上に振りまわす宣伝部長のＹＡＺＡＷＡに合わせ

「中締めは営業部長の近藤の歌はもちろんハイティーン・ブギ」

新宿の夜道に落ちたネクタイのずっと踏まれている小花柄

高く上がったファールフライがこの星に帰還するまでのはるかな軌道

月末の終業時間のオフィスに小雨のような拍手が上がる

あしたからしばし無職となる人を囲んで同じ課の五、六人

花束は派遣契約打ち切りを決めた次長がおずおず渡す

ふたたびの拍手で主役が去ったあと残業の席にわれらは戻る

食べ残しの皿が下げられゆくようにデスクまわりが片づけられる

ビル街の午後透明な鳥たちがいっせいに飛ぶもう還らない

「おかげさまで急成長です体重は」池田と夜のカップヌードル

男より男らしいという重い鎧を背負って旅立つ人よ

一階のロビーの隅のごみ箱に花束が深く突き刺してある

百年後。あなたがいないこの街の通勤電車に誰かのあくび

重力の誤差

卵落とす時のあなたは真剣で重力の誤差を調べるように

ひき出しをよく閉め忘れる人でしたこびとが通ると言い訳をして

軽トラックのエンジン音の帯域で屋根打つ雨の温かさかな

電線にずらり並んだ鳥たちは充電中だとまじめな顔で

いびつなパンを焼き上げながらぼくに聞く火星をめぐる月の名前を

瓶に挿すバラの蕾が緩むのを朝が来るまでずっと見ている

ふつふつとホットケーキを焼くように始まりの日の宇宙を神は

光る刃をあてて林檎をこの星の自転の向きにゆっくり回す

引き寄せる力と遠くなる力　ひとつだけ月を持つさびしさよ

水がおぼえていること

いなびかり絶えない星のわたつみに何度もなんども降り続けたこと

サバンナに降る雨として年老いたインパラの背を湿らせたこと

薄暗い兵舎の裏で傷口を濯いでそっと流されたこと

天井の前にお冷を飲み干して上司はおれに異動を告げる

まさか俺が、まの抜けた顔で水を飲む死ぬ時もきっとこの顔をする

アルプスの五月の雪が赤羽のスーパーの棚であかるく光る

新潟は水際の町おや指で地図を押したら滲みだす水

贄として子羊の位置に座らされ送別会で酒を注がれる

にぎやかな店でコップの水だけが遠くでまた揺れたことに気づく

飛ぶ力を失いながら遠くなる水切りの石を見ればくるしい

潟の字に七つの滴がこぼれるとしたり顔して前任者は言う

なだらかな坂のぼり切れば海が見える少し遅れて波音がする

鉄色の海へと延びる突堤の尖端あたりは鳥の領分

海側の小さな窓を開けておく汽船がほうと溜息をつく

雨の日だけバスに乗るので車窓から見る風景はいつも濡れてる

アイドリング・ストップでバスがエンジンを切るたび車中に戻る雨音

「明日から明るい未来をはじめよう。佐野眼鏡店は次のバス停」

バスセンターを心臓として路線図は血液のように市内を巡る

川を低く飛び来る鳥が橋の下で別の何かになり遠ざかる

一列の水門が容赦なく落ちて川の首もとざっくりと断つ

降りはじめの雨が傘を打つ音は懐かしい人が呼ぶ声に似て

シート倒し男らが午睡するあいだ水平線を見る営業車

左岸から右岸に通う右岸から左岸に帰るひと日が終わる

次々に「知ってました」と口を割る鍋でぐつぐつ浅蜊を煮れば

名月のような水面のあかりを見るユニットバスで膝を折りつつ

虹色のパラグライダーが水田に不時着するのをふたりで見ていた

ティーカップの水面に映る飛行機が紅茶の空を横切ってゆく

噴水が高くなるたび背伸びしてかたくなる君の白いふくらはぎ

ふっくらと花ひらくとき木蓮の身の深くから零れるしずく

こいびとがいるのと言ってその人は水平線を見るような目で

地底湖のみず溢れ出すキッチンでまよなか梨にナイフあてれば

踊り場のあかるい所に倒されたペットボトルが吐いている水

みず鳥が水を離れる瞬間に暗い嫉妬が心に灯る

誠実な井戸掘りとしてまだ浅い夢の岸辺に井戸を掘っている

窓をつたう雨だれとして落ちながら世界をまるく宿してたこと

いつまでも、どこまでも、
ぼくはあなたに話していたい、
ただ単に言葉でしかない言葉ではなく、
大空にまで、彼方にまで、
海にまで至るような言葉で。

J・M・G・ル・クレジオ『地上の見知らぬ少年』（鈴木雅生訳）

魚のまなこが見上げる世界

午後ずっと猫がふざけて引きずった魚のまなこが見上げる世界

砂浜の遠くから来る足跡を左足から攫いゆく波

海に向かう少年の眼をまっすぐに水平線が横切っている

物干しにかかる漁網がなすすべなく逃し続ける風と光と

桟橋から身を乗り出せば海の底にいつまでも燃えつづける焔

無造作にクローバーを摘み葉の数を数えもせずに差し出す人よ

くるくると漲りまわる楡の葉が地面に落ちてもう動かない

まなざしはひとつの手紙　夕暮れの羊に向けて黙す男ら

農夫は鋤を大工は鑿を片づけて夕べの村に刃はねむる

静まりゆく森を歩めば思いがけず立ち上がる昏いいのちの匂い

夜おそく井戸の水面を揺れながら静かにわたる小さな星座

（樹の上で日の沈むまでを見送って千年の夜へ向かう大鴉）

いつまでも僕はあなたに話していたい海にまで至るようなことばで

（千年の夜から還り嘴太は電柱で朝のひかりを見ている）

正社員も派遣社員も揺れながら朝の電車は都心へ向かう

会社には不満はないという部下が暗い香りの紅茶を淹れる

少し目を離してる間にＰＣがスリープモードで見る浅い夢

また次長の昔ばなしが始まって目配せしつつ黙るおれたち

「トリプルルッツ」残業に飽きくるくると回るまよなか部長の椅子で

四つ葉のロゴのついた名刺を差し出され遠くの春の記憶を辿る

タクシーが見えなくなるまでお辞儀するおれの背中に風が吹いてる

ガラス張りのビルに射す陽が反射して街路におおきく広がる網目

白くひかる無数の小部屋を目に映しエクセルでつくる販売計画

波際を攫われぬようおずおずとラッシュの駅のエッジを歩く

改札の外で人みな空を見て羽撃くように開く雨傘

出航だ

ショートケーキの尖った方を北へ向け「出航だ」って真顔できみは

フルートで鳥を手なづける夢を見るままならぬこの世界の朝に

獣舎へと運ばれてゆく柵越しにアフリカゾウはペンギンに会う

仰向けにプールの底から空を見る　哺乳類を今、休んでいます

回したらノブだけ取れて開かない扉のような遠い思い出

一杯のモヒートのためこの星の緑を守れと深夜の議会

すまないねサイドカーには犬を乗せるきみは電車で来てくれないか

極楽鳥の卵を奪う

闇に在る光を集め灯台が少しずつ濃くするのだ夜を

旧世紀の船を揺らしてわたつみは夜が更けるほどいよいよ満ちる

心音(エコー)…　船底に耳をあてて聴く百里彼方の鯨が…　吠える

海図にない島が見つかり朝焼けの波濤を越える海鳥の群れ

島は生きる、　島は苛立つ　着岸に溜息のような地鳴りが響く

極楽鳥の卵を奪う顚末に手を握るあね、　眠いおとうと

背表紙をそっと閉じれば王も船も火山の島もみな闇の中

幾千のおさない夢を行き交ってとこしえの夜を渡る翼竜

割り落とす卵の黄身の鮮やかさ　明るんでゆく世界の朝に

届かない高みを吹いている風がとおい欅の葉先を揺らす

きみはどこへ帰るつもりか　もそもそと姉は三回かかとを合わす

ゴーグルを着けたまんまで姉弟は素麺を食べるプールの午後に

きもちわるい　きもちわるいね　と言い合って合歓の花枝に見惚れるふたり

隠された小部屋の扉を開くごと息をひそめて表紙を捲る

白い帆に漲る風よ　おしゃべりな王様鸚鵡とゆく夏の旅

マンションのどこかで揚がるコロッケがまもなく春の岸辺へ向かう

風船の行方を気にしているあいだこの世のことをすこし忘れる

おにぎりはホットケーキより転がるよ　でたらめな歌をあなたは歌う

秋の野辺に眠る明るいブラウスに描かれた花の数をかぞえる

ひさびさに光を浴びて末っ子のマトリョーシカの深呼吸かな

老人が死ぬ一節が近づくと枕に顔を埋むおとうと

廃坑の錫鉱山の坑道からわたしの胸へつながる道よ

長雨で水嵩の増す用水に怯む黄色いレインコートは

あめふり　ざんざんぶり　ベランダで姉弟はうたう雨の土曜日

おとうとの金魚が死んでくさくなる水槽の水、窓辺のひかり

真鍮の蛇口を夢で締め忘れしずかに沈む遠くの小島

祈るうち千年経った。稜線に立つ羚羊の遠いまなざし

いつか竜は樹林に眠りきみたちは地図のない長い旅を始める

岬を守る

日曜の家族は時計を気にしつついつもより少し早い夕飯

とり分けたふろふき大根　おいしいね、おいしいねって言いながら、もう

待って待って、　たて笛を姉は持ち出してつっかえながら吹くグリーングリーン

次はいつ帰ってくるのと聞く姉とだまって袖を握るおとうと

九階のベランダ越しの三人の影がおおきく手を振っている

それぞれの赴任地へ戻るおとこらが日曜の夜のホームに集う

一行の辞令のためにいくつもの川を越えゆく家族と離れ

エリア内シェア死守のための盾としてニラレバ定食大盛りで食う

支店では荷馬車と呼んでるワゴン車に店頭ＰＯＰをぎっしりと積む

運転中ＬＩＮＥを器用に打つ部下となんだかヤバい線上を行く

スーパーのバックヤードで立ったまま店長に話す大陳（たいちん）プラン

カーラジオでかかるパフューム　かしゆかのとても遠くのきれいなターン

夕霧の県道を走るワゴン車の右も左も揺れる草の穂

ボンネットに貼りつく無数の虫の死が星座のように広がっている

白鳥は思っていたよりばかでかく地上の者を罵って飛ぶ

支店長会議で全社方針を説明している同期のおとこ

「マルL」と符牒によって示される地域採用社員のリスト

「地域事情に精通している人材」の平均三割低い賃金

忠義とはこういうことか枕元に会社支給の携帯を置く

夕暮れの平野にならぶ鉄塔のはるか遠くへ伸びてゆく意志

革靴の紐がほどけて屈みこむおれの背中に降ってくる雪

「ふるさと」は駅裏にありマルＬの五十嵐さんと暖簾をくぐる

給料の話を注意深く避けそれでも酒はすいすい進む

先に食べた一粒の場所を凹ませて三粒残る枝豆の莢

家族より仕事ですかと尋ねられ少しのあいだ途切れる会話

それはもう愛だよ、 愛とか言いながらお湯割りの梅をぐずぐず崩す

徳利を覗きこんだら猿がいて目が合ったのでそろそろ帰る

飲んで帰って廊下に寝込む取れかけた袖のボタンがちいさく光る

しあわせの毀れやすさよ　ましかくのバターが焦げる甘い匂いよ

雪の朝なかなか来ないバスを待つスーツに長靴を履いておれは

雪だるまは連れてけないな　雲（クラウド）に写真を乗せてふたりに送る

なじみのない町もなんだかなつかしく発つ水鳥を見送るばかり

死とよく似たしんと大きな冬の夜　声を聞くためテレビをつける

幸せの意味を問いつつキッチンで鳥だったものを解凍している

応接に通されお客を待つあいだ壁の絵を見る。水仙の花

三十分ゴルフの話ばかりして三十分減るおれの人生

営業車はくるりと半周スピンして凍る路肩に止まる。静けさ

砂に散る花にあなたを思い出す。メールを打とうとしてやめる

岬に立ついまは無人の灯台にいつも閉まっている窓がある

グリーングリーンまちがえないで吹けたのと電話の向こうで子どもは育つ

楽団員の死

どんな駅にも駅前があり電話機が取り外された電話ボックス

昼もなお静かな町でさざ波のように賑わう総合病院

揺れやんだ木槿の白い花びらを小さな蟻が zigzag 渉る

青草が枯れ落ちた後も別の世でとこしえの夏を飛ぶつばくらめ

埃っぽい風が吹くから公園のバドミントンのシャトルが揺れる

遺伝子の螺旋が歪みゆくごとく形を変えて伸びる蚊柱

電燈に群れる羽虫を食いながら地面に揺れる蝙蝠の影

楽団員が感電死する顚末のページを淡く夕陽が染める

もうずっと摘む者もなく柿の実は空き家の庭にしずかに朽ちる

暮れてゆく冬の川面に仄白くともし火のごと揺れる水鳥

二時五分。 冬の駅舎の長針が真白くひかりやがてしずまる

ひとコマずつクレイアニメを撮るようにリハビリの人が登る坂道

公園に子どもがいない。よく動く子犬が赤いボールと戯（じゃ）れる

バス停のベンチに座る老人が古本のように黙す、残照

春の陽を細かく空へ返しつつひとたびきりの川の流れに

燕の巣に燕の不在　海沿いの町を静かに濡らす雨粒

骨になるまでのひととき薄紅の花の名前を教えてもらう

窓の灯が疎らになってしんしんと団地の夜にひろがる銀河

千年生きる

「光あれ」万物のはじめその刹那ひかりより先に弾ける言葉

一秒の間に宇宙は白熱しその後は冷えゆくばかりの静寂

気まぐれにそれぞれ星は動き出し思い思いのひと日をまわる

ひと月の月の巡りよ　ひとつだけ衛星を持つ星の寂しさ

世界中の果実が土に降り終えてまた繰り返す次のひととせ

本社からの電話の問いに「四年です」とこたえ深まる営業所の秋

おそらくは春には本社に異動だろうと余命を告げるように上司は

四年間で十二万キロ走破した営業車とおれのはるかな旅路

死にゆくパウロが窓を見るようにすべて眩しいこの世のひかり

めいめいの旗を掲げた人民の隊列として金の稲穂が

敗北に終わる革命　刈り終えて鋳割れた田に深々と秋

開け放つ事務所の窓に飛び込んだ蜻蛉の命をみな気にしている

洋菓子店の閉じたシャッターに描かれた風船が飛ぶ三十余年

とりかえしのつかなくなるまで滾る湯の卵の殻の内でいのちは

失った文字盤を探す針のごとまっすぐに飛ぶ朝の雁がね

街に降る雪ははじめに葉に積もる　小さな声で語られるニュース

商談の成否とかかわりなく雪は時間の分だけクルマに積もり

三月（みつき）のちの未来から来たマネキンがサングラス越しに冬空を見る

息絶えた巨獣の骨の光るごと川の中州に残る流木

筋肉を撓わせ雁の渡りゆく春、ムクドリは土から孵る

しまわれた古いカメラの内にある現像を待ちつづける風景

とんかつのキャベツの盛りが高くなり今年も春が来たことを知る

早回しのフィルムのように乾杯を繰り返しながら近づく別れ

商店街の灯りが消えてゆくようにぽろぽろ花をこぼす雪柳

ロードサイドのばかげた量のカツカレーよ輪廻の果てのどこかで会おう

いつかまた。いつか花咲く野辺で会うその時までの短い旅路

商談に遅刻し走る夢を見る夢の中でもまじめなおれだ

たった五年で世界は変わる地下鉄で夕刊フジを読む人がいない

ひさびさの本社のエレベーターのなか五年分死に近づいたおれ

ここにいない人のゆくえが気にかかる知らない人の増えたオフィスで

スプーン曲げをいつか酒場でしてくれた先輩は長く病欠らしい

消息を語りだすとき人はみな湖の底を見るような目で

外国の地下鉄に乗っているときの表情をして会議を過ごす

Ａ４の封筒をかざし走り出す雨の中ダメになる見積書

ときどき鳴る携帯電話を無視したままビルの間を飛ぶ鳥を見る

みずからの葉を足もとに腐らせて欅は森に千年生きる

夜の空をくしゃみしながら見上げればひとつ残らず遠ざかる星

オスロの地図

ポスターを剝がせば壁のその場所へ三年ぶりの光があたる

夜中じゅう続く荷づくり明け方にポットがなくてお茶が飲めない

思い出を吟味しながら処分するオスロの地図はまだとっておく

たこ足の電源コードを引き抜けばみずうみの底のようなしずけさ

おれの鍵を受け取りおれの玄関で不動産屋がおれを見送る

自転車でどっぺり坂を昇りきり花の咲く午后わたしはいつか

ハロー

セーターの編み目のとこから指を出し「ハロー」とか言ってしあわせだった

つつましく祝福の鈴を響かせて精螺工場に生まれるかたち

目に見えないものでは梨の味が好き冬の朝ほおが冷える感じも

窓際の明るむ床で仰向けに蜜蜂が死ぬ　弾む雨音

いつかみんな、みんな忘れる重力が揺らすリーフのピアスのことも

公団に明かりがともり帰る人ひとりひとつの動く心臓

樹は土に深く身を挿し手さぐりで風の気配を闇につたえる

遠い海がわたしの胸の内にありいつまでもいつまでも飛ぶ鳥

サンバを踊る三羽の鳥

一対のブルーの翅を残し置き蜘蛛に軀幹を喰われる揚羽

鳥が蜘蛛を攫ったのちもしばらくは風に撓める銀色の網

鳥撃ちの夕べの宴　ほそく長く焚火の煙はまっすぐ昇る

発動機や牛の噫気(あいき)や不審火に加熱しながら回る惑星

農園に静々と降る長雨に先物価格はたちまち騰る

損益計算書(PL)がすこし傷んで躊躇なくコストと人を会社は削る

地下室で宝箱開ける時のごと夜のコピー機に照らされる顔

残業の一万行のエクセルよ、雪原とおく行く犬橇よ

寄す波を日がな数えているようにＰＤＣＡという輪廻を

ポーカーのカードを配る手際にて異動の辞令を渡す人事部

会議室の片すみで聞く二週間会社に来ない同僚のこと

春のあいだ群れてはしゃいだ椋鳥が夏の葉陰で澄んだ目をする

朝イチでクライアントに呼び出されタクシーの中で乾く唇

ネクタイを締め直すとき少しずつ縊る手指に力が籠もる

缶コーヒーの企画はいったん白紙だとおれの目も見ず宣伝部長は

さようならサンバを踊る三羽の鳥　ジョビン、カルロス、アントニオ

ポケットに沈む時までいっしんに玉突き台を手玉は走る

二週後の再提案(プレ)までの週末も休まず壁を伸びる蔓草

二十二時に始まる会議　煮詰まった者から順に天井を見る

藤色の錠剤を右のポケットにじゃらじゃらさせて乗るエレベーター

おれたちが夜の会議にダレるころ野辺を裸足でその人はゆく

ビールの缶が床に転んできらきらと東京メトロでまわる東京

三度目に呼ばれ自分の名と気づく心療内科のロビーで人は

噴水のまわりは寂しい。ポケットに一分おきの着信履歴

日盛りの土手に見下ろす草野球かわるがわるに三人ずつ死ぬ

人身事故で遅れる電車を待つあいだ駅で見ている今日の運勢

夏の子が壁にボールを投げる午後その葉先から草は枯れゆく

文鳥は白くひかって海に近い湿った町の翳を濃くする

双眼鏡で三百円分見る景色　生きることまたいつか死ぬこと

もう次の夏のことなど考えて木槿は蝶に蜜を吸わせる

ひつじ雲は無口に群れる　車窓から飛び込む虫を未来へかえす

中本さん

ひとりひとつ小部屋の窓を開けるよう朝の会社に灯るパソコン

オフィスのデスクの島の突堤で海に背を向け課長のおれは

カレンダーの海を見ながらクレームの長い電話に部下は応える

ストラップの色で身分が分けられて中本さんは派遣のみどり

内線表に並ぶ名前の階級制　社員、契約、派遣の順に

禿げ、白髪、白髪、禿げ、禿げ　光りつつ役員会議に集うたましい

社員ひとり減らして派遣をあとふたり増やす部門の年次計画

正社員がたらい回しにした仕事を中本さんが黙って捌く

昼休み社員と派遣は別々に単価の違う昼食を摂る

一食約三百円也。打ち合わせブースのランチに楽しげな声

搾取する一パーセントを敵として連帯してもいいのかおれも

五十円時給を上げる申請を手紙のように丁寧に書く

十二万三千円の接待のうたかたの夜の領収書かな

撃ち終えた薬莢のごとレッドブルの空き缶ならぶ誰かのデスク

残業中Ｗｅｂニュースでそっと読む競合の若い社員の過労死

これ明日の朝イチまで、と言いかけて午前中にと指示をし直す

春と秋人事考課の季節にはひそひそ話の増えるオフィス

十四人を五つの階層(ランク)に振り分けて課長は神の手口をまねる

人がひとを裁く疚しさ　意欲とか責任感まで評価するのか

本部長の向こうの窓をまっしろな飛行機雲が横切っている

薄い紙の派遣会社の請求書手取りはたぶん十三、四万

「派遣でもできる仕事」と会議中屈託もなく話す同僚

暗い森を歩く樹々のごと終電の新宿駅へ向かうわれらは

夜おそく終着駅から車庫へゆく空の車両に満ちる明るさ

残業の多い部署からワーストと記され戦犯リストは回る

二十一時消灯令に「無理です」と小さく硬く部下は応える

効率的な働き方を、ときれいごとを並べるおれに集まる視線

ふっと吹けば散り散りになるわたぼうし　種子は希望のひとつのかたち

五時半の武装解除にあたふたとパソコンを消すノー残業デー

企画書を雨の路上にぶちまけて新入社員が会社を辞める

オフィスの蛍光灯の両端が腫瘍のように黒ずんでゆく

髪の毛をうしろに縛り月末の中本さんと帳票の森

派遣なのにヒールが高いとそこにいない人を咎める人のさびしさ

かさついた声で伝える正社員登用制度という狭き門

院卒で離職歴のある履歴書に浜辺のように広がる余白

運命のどうしようもなさ罅割れたコンクリートに生える草の葉

都合のいい贖罪として登用試験推薦文の言葉を選び

休日は無給のひとがオフィスの壁の暦を五月に替える

終わらない世界にゆれる赤い花　いつか死ぬ人の青いスカート

吹く風のゆくえも知らずサイゼリヤでパソコンを開く遊牧民（ノマドワーカー）たち

拾い上げた影を畳んで持つように日盛りの街でスーツの上着を

空き壜に向日葵の種は詰められて未生のままの長い夢の中

船乗りになりたかったな。コピー機が灯台のようにひかりを送る

解説　命を俯瞰する

東　直子

私たちは、「人間」が作り出した仕組みの中に生きている「人間」である。ビルも、道路も、電車も、車も、電信柱も、看板も、身体を覆っている衣服も、すべて、どこかの誰かが作り方を発明し、どこかの誰かの手によって作り上げられたものである。すごいな、「人間」って。ふかぶかとそんなことを思ってしまう。ユキノ進の短歌をまとめて読んだあとには、特に、強く。

二〇一一年から歌壇賞、二〇一四年から角川短歌賞と、私は二つの大きな短歌の新人賞に、選考委員として参加しているが、選考会が終わって作者の名前が明かされると、そこにはいつも「ユキノ進」の名前があった。二〇一四年の第二五回歌壇賞選考会では、五名の選考委員全員の○が入り（会議前に各選考委員が一作品に◎、四作品に○をつける）、最終的に次点に選ばれた。このときは、当時大学生だった佐伯紺の瑞々しい連作「あしたのこと」が受賞したのだが、その作品世界と好対照をなすユキノの「飛べない男」は、会社員の悲哀が沁みる一連で、強い印象を

ている。

残した。本書では、「複葉機の仕組み」と改題し、修正加筆した後に本歌集の冒頭に掲載されている。

葉の裏の暗いところにみっしりと蝶を眠らせ樹は覚めている
水鳥が嘴をみずに挿す刹那しずかに終わる一生がある

数多の蝶に眠る場所を与えている大樹。水鳥の嘴に捉えられた一匹の魚。このような、自然界を見つめて命を俯瞰的に捉えた秀歌ではじまったのち、その視線はビジネスの世界へと移行する。

今すぐに飛んで行きますとクレームの電話を切って翼を捜す
八階のコピー機の裏で客死するコガネムシその旅の終わりに

一首目の「今すぐに飛んで行きます」は、慣用句である。このセリフを聞いても、誰もほんとうに飛んでやってくるなんて思わない。もちろん本人も、クレームをつけてきた人をなだめるために思わず口に出しただけで、飛べるとは思いもしない。しかし、そんな言い方があるのだから、飛ぶための道具がどこかにあるかもしれない。慣用句がいつしか願いとなっていくことを、ややコミカルに表現している。二首目は、かつて飛ぶことのできた生き物であるコガネムシの死を描く。「客死」という言葉に、シニカルなユーモアを感じる。八階まではるばる飛んできた者の密やかな死を、飛ぶことのできない人間が使うコピー機の光が照らし続ける。

このような、ビジネスの場面のささやかな一瞬を描いた歌を読み解くことで、前述の自然の中の命を捉えた歌が新たな味わいを醸しはじめる。蝶と水鳥という空を飛べる生き物のイメージと、最初から飛べないビジネスマンと、死んでしまったために飛べなくなったコガネムシの現実とが響きあい、生き物のいる場としてビジネスシーンを感受しようとする作者の意志に気付くからである。自然の風景を描いた歌も、社会という大きな仕組みの中で息をする人間の生き様の暗喩としても読みを広げていくことができ、言葉によって立体化されていく世界の豊かさが味わえる。

新潟は水際の町おや指で地図を押したら滲みだす水

ビジネスと生命を結びつけて歌を詠む契機の一つとして、新潟への赴任という経験は欠かせないものだろう。清らかな川と海に囲まれた町で詠まれた歌は、おだやかさや安堵、そしてほのかなさびしさに充ちている。

なだらかな坂のぼり切れば海が見える少し遅れて波音がする
左岸から右岸に通う右岸から左岸に帰るひと日が終わる

さきほどの「クレーム」の歌に比べ、格段に時間がゆったりと流れているのがわかる。目の前に見える事物を丁寧に、緻密に感受し、慈しんでいる気持ちが、言外から伝わる。「ここはこんなに素敵なところですよ」と声高に言うことはなく、あくまでもしずかに、さりげなく描きとっている点に、読んでいる方もしずかに心が落ち着いてくる。どの歌も、音のない一本の映像作品を眺めているような静謐な印象が残る。
「岬を守る」という一連は、単身赴任をしている父親という立場で詠まれた一連で、わりあい素朴な、人間味を感じさせるあたたかい歌が並んでいる。

待って待って、たて笛を姉は持ち出してつっかえながら吹くグリーングリーン
九階のベランダ越しの三人の影がおおきく手を振っている
それはもう愛だよ、愛とか言いながらお湯割りの梅をぐずぐず崩す
徳利を覗きこんだら猿がいて目が合ったのでそろそろ帰る
グリーングリーンまちがえないで吹けたのと電話の向こうで子どもは育つ

一時的に帰宅して家族と会っている時間。離れていく移動の時間。赴任先の同僚との時間。電話ごしに聞く家族の様子。わかりやすい歌のなかで、四首目の徳利のなかで目を合わせにくる「猿」の存在が、不思議な引っ掛かりを与える。「岬を守る」というタイトルには、元祖単身赴任ともいえる「防人」の語のイメージを重ねているのだろう。

島は生きる、島は苛立つ　着岸に溜息のような地鳴りが響く
ゴーグルを着けたまんまで姉弟は素麺を食べるプールの午後に

力強い文体で島を擬人化し、独自の観点からの生命力を普遍化させた一首目。子どもならではの自由な感性で実に楽しそうに夏の時間を過ごす姉弟を描いた二首目。これらの歌が入っている「極楽鳥の卵を奪う」という一連は、本にのめりこみ、ファンタジーの世界を自在に冒険する姉弟が描かれているが、一緒に過ごせないまま成長していく子どもたちへ、そして子どもだった自分へ、さらには様々な課題を乗り越えなければならないすべての人へ、短歌という詩型の冒険譚によってエールを送ろうとしたのではないだろうか。

さらに、「千年生きる」という一連では、新潟での勤務を終えて東京に戻るまでの日々を対比としてスピーディーに描いている。

早回しのフィルムのように乾杯を繰り返しながら近づく別れ

ロードサイドのばかげた量のカツカレーよ輪廻の果てのどこかで会おう

スプーン曲げをいつか酒場でしてくれた先輩は長く病欠らしい

外国の地下鉄に乗っているときの表情をして会議を過ごす

最初の二首が新潟、後半の二首は東京に戻ってきてからの歌だと思われる。生き生きとしている二首に比べ、後半二首はあきらかに生気を失ってみえる。スプーン曲げを披露するお茶目だった人の不在が、会社における自分という存在について考えざるを得なくなったのだろう。

さて、私がこの歌集の中で、特にじっくりと読んでもらいたいと思っているのが、最後の「中本さん」の一連である。中本さんは派遣社員として働く女性で、社員として彼女達を管理する立場から詠んでいる。

ストラップの色で身分が分けられて中本さんは派遣のみどり
人がひとを裁く疚しさ　意欲とか責任感まで評価するのか
「派遣でもできる仕事」と会議中屈託もなく話す同僚

一つの会社の中に歴然とある身分区分。昨今の雇用形態として特に驚くべき事実が描かれているわけではないが、それだけにともすれば容易に看過されてしまいそうになる事実を、歌でつなぎ止めている。このことで私たちは一緒に立ち止まって考えることができる。評価する側と評価される側の違い、「でもできる」という言葉に含まれる無意識のままの差別意識。そのことに気付いたことによる苦しさ。

この複雑な世の中をすぐさま変える特効薬は見つからないが、じっくりと現実を見据え、考えることの必要性を問いかけてくる歌集だと思う。解説を書くにあたって、作者の実人生に則した形で読み解いてきたが、そこから生まれた思いや考えが普遍的な問いとして広がりを持っているのだ。生きることを大きく捉えなおすことで見えてくる希有な視線、生きのびるための慈愛を、大切に読みつぎたい。

あとがき

十代のころから長い間、小説や現代詩を読むようにひとりの読者として短歌を読んでいた。歌集やアンソロジーを読むと、一行の短歌が喚起するはるかな風景に心が躍った。原野に響く銃声、逆さまに囀る鳥、雨に破れるプラカード、角を生やす小便小僧、燃えあがる湖。ページを繰るごとに見たことのない言葉があり、驚きがあった。

いわゆる「純粋読者」としての幸福な期間を経て、自分でも短歌をつくり始めたのは二〇一一年のことで、ずいぶん長い時間がかかった。短歌の読者の多くは実作者でもあることを知ってちょっと驚いた。やがてネットや雑誌での投稿、歌会や歌合を通じてたくさんの歌人を知り、多くの楽しく刺激的な場に参加することができた。自分が主催者として歌会を開くこともあり、どれも思い出深いものとなった。

しかし短歌はいつか作者のもとを離れていくものであり、共同体の外の異質な者に届くことこそが文学の価値であると考えている。自分の会ったことのない遠い誰か、未来の読者の心に何かが届くといいな、と思って短歌を書いている。

『冒険者たち』は僕の第一歌集で、もしかしたら最後の歌集かもしれない。これまでに書いた連作を中心にしているが、元の構成をずいぶん変えているものも多い。また歌の並びも連作の並びも制作順ではない。これまでに書いてきた短歌を元ネタにした三三七首の新しい連作だと思っている。

こうやって歌集の形になることで、まだ見ぬ読者のところに届くかもしれないと思うと、とてもわくわくする。遠くまで届いてほしい。

監修の東さんをはじめ歌集を出すにあたって助けていただいた多くの方々、歌会やそのほかの場で相まみえた仲間たち、そしてこの本を読んでいただいたひとりひとりに感謝します。ありがとうございます。うれしくて胸がいっぱいだ。

二〇一七年三月

ユキノ進

■著者略歴

ユキノ 進（ゆきの・すすむ）

歌人、会社員、草野球選手。
1967年生　福岡県出身。
九州大学文学部フランス文学科卒業。
2014年、第25回歌壇賞次席。

メール　susumuyukino@gmail.com

「新鋭短歌シリーズ」ホームページ　http://www.shintanka.com/shin-ei/

新鋭短歌シリーズ38

冒険者たち

二〇一八年四月十六日　第一刷発行

著　者　ユキノ 進
発行者　田島 安江
発行所　株式会社 書肆侃侃房（しょしかんかんぼう）
〒八一〇‐〇〇四一
福岡市中央区大名二‐八‐十八‐五〇一
TEL：〇九二‐七三五‐二八〇二
FAX：〇九二‐七三五‐二七九二
http://www.kankanbou.com　info@kankanbou.com

監　修　東 直子
装丁・装画・挿絵　岩崎 悦子
DTP　黒木 留実
印刷・製本　株式会社西日本新聞印刷

ISBN978-4-86385-309-6　C0092